COLLECTION

D'UN

AMATEUR DE LOUVIERS

———

FAÏENCES

DE ROUEN

TAPISSERIES

———

Mᵉ QUÉVREMONT
COMMISSAIRE-PRISEUR

M. FULGENCE
EXPERT

CONDITIONS DE LA VENTE

Elle sera faite au comptant.

Les acquéreurs payeront *cinq centimes par franc*, en sus des enchères, applicables aux frais.

L'Exposition mettant les Adjudicataires à même de se rendre compte de l'état et de la nature des objets, il ne sera admis aucune réclamation une fois l'adjudication prononcée.

CATALOGUE

DE

FAÏENCES

DE ROUEN

PETIT SUCRIER FOND JAUNE ORANGÉ
NIELLÉ DE NOIR, PLATEAU RECTANGULAIRE, AIGUIÈRE
ASSIETTES, BANNETTES, COUPES, VASES

FAÏENCES

DES FABRIQUES DE MOUSTIERS, MARSEILLE, STRASBOURG
LUNÉVILLE, NIEDERVILLER, SCEAUX
MARIÉBERG, ETC.

VITRINES ITALIENNES EN CERTOSINE

TAPISSERIES ANCIENNES

DONT LA VENTE AURA LIEU

HOTEL DROUOT, SALLE N° 5

Le Vendredi 21 Mars 1873

A DEUX HEURES

PAR LE MINISTÈRE DE M* QUÉVREMONT, COMMISSAIRE-PRISEUR
46, rue Richer

ASSISTÉ DE M. FULGENCE, EXPERT, 45, RUE RICHER

Chez lesquels se trouve le présent Catalogue

EXPOSITION PUBLIQUE

LE JEUDI 20 MARS 1873

DÉSIGNATION

FAÏENCES DE ROUEN

DÉCOR A FOND NIELLÉ

1. — Petit Sucrier à poudre sur piédouche octogone, à quatre parties fond orange, niellé de noir, alternant avec quatre parties à décor rouge et bleu.

DÉCOR ROUGE ET BLEU

2. — Grand Plateau rectangulaire à bords étroits, richement décoré sur tout le fond de rinceaux et de guirlandes se dirigeant vers le centre garni d'une corbeille de fleurs sur un cul-de-lampe.

Longueur, 0^m,56.

3. — Paire de Cache-pots octogones à deux anses, très-riche décoration de lambrequins, de guirlandes et d'oiseaux.

FAIENCES DE ROUEN (suite).

4. — Grand Plat rond ; la bordure à moulure saillante ornée de palmettes ; dans un médaillon garnissant le fond, paysage chinois avec personnages.

Diamètre, 0^m,56.

5. — Bannette rectangulaire octogone à anses ponctuées ; bordure fond bleu à huit réserves de fleurs, au centre, sur un cul-de-lampe, corbeille de fleurs.

6. — Grand Bassin à bords droits, orné de palmettes et rinceaux ; monture en bois.

7. — Grand Plat rond ; au centre, corbeille de fleurs sur un cul-de-lampe ; bordure de lambrequins et de palmettes.

Diamètre, 0^m,56.

8. — Bannette octogone à anses, à double bordure ; au centre, corbeille sur un cul-de-lampe.

9. — Plat octogone ; très-fine bordure de lambrequins et de rinceaux ; au centre, corbeille de fleurs sur un cul-de-lampe.

10. — Deux grandes Cruches à anses ; sur la face antérieure, un cartouche surmonté d'un mascaron, tête d'homme ; décor bleu et violet.

FAÏENCES DE ROUEN (suite).

DÉCOR BLEU

11. — Petite Aiguière à anse cordée ; la panse ovoïde
reposant sur un pied bas est surmontée d'un
col droit terminé par un bec trilobé à deux
lèvres renversées ; décor très-fin de quatre
bouquets.

12. — Grand Plat rond ; au centre, dans un encadre-
ment fond bleu décoré d'arabesques, des
vases à fleurs chinois avec oiseaux ; bordure
d'arabesques sur fond bleu à quatre réserves
de fleurs.

Diamètre, 0^m,56.

13. — Grande Aiguière en casque ; la partie supérieure
de l'anse formée d'une tête d'oiseau ; sous
le déversoir, un enfant dans un cartouche, le
culot cannelé. le pied à godrons ; décor riche
de fleurs et de rinceaux.

14. — Plat rond, bordure de lambrequins ; au fond,
sur une table, vase et cornes d'abondance
garnis de fleurs dans le style chinois.

15. — Paire de Cache-pots cylindriques ornés de lambrequins quadrillés, alternant avec des guirlandes de fleurs.

FAIENCES DE ROUEN (suite).

16. — Petite Salière à trois compartiments ; décor de
fleurettes.

17. — Plateau octogone sur piédouche ; riche décor
de guirlandes de fleurs s'allongeant vers le
centre orné d'une corbeille de fleurs.

17 *bis*. — Autre Plateau formant le pendant du pré-
cédent.

18. — Grand Vase, forme Médicis, à deux mascarons
en relief ; à droite et à gauche, une grande
armoirie sous un timbre de marquis dans une
réserve.

19. — Sucrière à poudre sur un pied élevé ; décor de
fleurettes et rinceaux.

20. — Grand Plat octogone ; au centre, corbeille de
fleurs sur un cul-de-lampe ; petite bordure
losangée.

21. — Petit Soulier ; décor de lambrequins et de fleurettes en blanc sur fond bleu.

22. — Aiguière en casque à anse ; décor de lambrequins et fleurs.

23. — Assiette ; bordure quadrillée ; au milieu, une
armoirie.

FAIENCES DE ROUEN (suite).

24. — Assiette ; armoirie au centre ; bordure à palmettes.

25. — Petit Compotier à bords dentelés ; décor de guirlandes et rinceaux ; au centre, corbeille de fleurs sur un cul-de-lampe.

26. — Cache-pot cylindrique ; à droite et à gauche, un buste d'homme sur un cul-de-lampe.

27. — Grand Vase de jardin à deux anses carrées : riche décor de lambrequins.

27 *bis*. — Aiguière en casque ; décor bleu.

DÉCOR POLYCHROME

28. Grand Pot à surprises ; sur la panse, deux rondelles à jour ; décor très-riche à la double corne ; au-dessous de l'anse, l'inscription *Jacques Vasses, 1764*.

29. — Grand Plat long octogone ; au centre, corbeille de fleurs très-riche ; bordures de réserves trilobées garnies de vases, alternant avec des guirlandes.

29 *bis*. — Petit Plat octogone ; même décor.

FAIENCES DE ROUEN (suite).

30. — Petite Soupière ronde à deux anses plates ; le
bouton de couvercle formé par un serpent
enroulé : très-riche décoration polychrome
de lambrequins et de guirlandes.

31. — Petit Moutardier à anses ; même décoration
très-fine de lambrequins et de guirlandes.

32. — Deux Vases pots-pourris à petits trous ronds sur
le couvercle et sur la gorge ; décor de fleurs
et de papillons.

33. — Soupière ronde à deux anses plates ; le couvercle surmonté d'un bouton et orné d'un
grand dragon vert, rouge, bleu et violet ;
décor dit à la gargouille.

34. — Petite Écuelle à anses plates ; décor d'insectes
et de fleurs.

35. — Coupe ronde ; large bordure quadrillée à réserves
d'écrevisses : sujet plein de paysages avec
animaux dans le style chinois.

36. — Sept Assiettes ; décor dit au carquois ; riche
coloration.

37. — Petit Huilier octogone à double mascaron de
têtes d'enfants ; décor quadrillé à réserves
de fleurs.

FAIENCES DE ROUEN (suite).

38. — Assiette à bords contournés garnis de lambrequins quadrillés, alternant avec des guirlandes ; au centre, corbeille de fleurs.

39. — Paire de Cache-pots cylindriques ornés de paysages chinois.

40 — Assiette ; au bas, deux cygnes ; à droite et à gauche, grands bouquets de fleurs.

40*bis*. — Assiette ; riche bordure de branchages entrelacés ; au centre un cygne dans les roseaux.

41. — Deux petites Coupes octogones dentelées ; décor dit à la corne.

42. — Assiette à bords festonnés, sujet plein d'insectes, de vase de fleurs, cartouche rocaille avec paysage.

43. — Coupe octogone à angles rentrants ; au centre, dans un cartouche rocaille, bouquet de fleurs.

44. — Coupe à bords dentelés, petite bordure quadrillée à réserves d'écrevisses ; au centre, paysage chinois ; décor dit à la pagode.

45. — Pied de croix en forme de console Louis XV, reposant sur trois boules ; sur la face antérieure un serpent en relief ; sur les côtés, paysages camaïeu vert.

FAIENCES DE ROUEN (suite).

46. — Assiette; bordure à double guirlande, corbeille de fleurs au milieu: décor bleu, rouge, jaune et vert.

47. — Grande Soupière à anses en relief; le bouton du couvercle formé par un artichaut; décor de bouquets de fleurs.

48. — Bannette octogone à deux anses; riche décor de lambrequins.

49. — Coupe ronde à bords dentelés; décor dit à la corne.

50. — Assiette; bordure fond bleu de Perse, décorée de fleurettes et de grenades; au centre, corbeille de fleurs.

51. — Paire de Cache-pots cylindriques à deux anses: décor de lambrequins.

52. — Petit Vase octogone: décor de lambrequins.

53. — Grand Bassin de fontaine semi-circulaire; décor dit à la double corne.

54. — Plat ovale à bords contournés; bordure de bouquets de fleurs; sujet plein de paysages avec oiseaux dans le style chinois.

5. — Trois Assiettes; même décor.

FAIENCES DE ROUEN (suite).

56. — Compotier à bords dentelés; décor dit au carquois.

57. — Plat long à bords contournés; décor dit à la corne tronquée.

58. — Soupière ovale à anses; décor dit à la corne tronquée.

59. — Bannette ovale à bords contournés; les anses formées par des serpents; décor dit à la corne tronquée.

60. — Grand Plat octogone; riche bordure de lambrequins; au centre, corbeille de fleurs.

61. — Grande Soupière ronde; décor dit à la corne.

62. — Compotier octogone à angles rentrants; décor dit à la corne.

63. — Cinq grands Plats ronds; décor très-vif dit à la double corne.

64. — Petite Écuelle à deux anses plates; décor dit à la corne tronquée.

65. — Deux Assiettes; décor dit à la corne.

FAÏENCES DIVERSES

MOUSTIERS

66. — Grand Plat ovale. Bordure très-fine de lambrequins, de vases, alternant avec des bustes de femme ; le fond entièrement garni de sujets mythologiques avec cariatides et gaînes, d'après Berain. Décor camaïeu bleu.

67. — Petit Bassin à bords droits, à deux mascarons ; au fond composition d'après Berain, en camaïeu bleu.

68. — Grand Plat ovale à bords contournés, bordure à lambrequins ; au fond, charmante composition d'après Berain. Décor camaïeu bleu.

69. — Petit Plateau rond sur piédouche, petite bordure de rinceaux; au fond, cariatides dans le style de Berain. Décor bleu.

70. — Grand Plat ovale ; au centre, riche armoirie; bordure d'oiseaux chimériques et de rinceaux.

71. — Assiette à bords contournés, sujet plein de fleurettes et de grotesques d'après Callot. Décor bleu, jaune, vert et violet.

72. — Plat creux ovale ; au fond sujet mythologique ; décor polychrome.

73. — Assiette à bords contournés garnis de guirlandes très-fines en camaïeu jaune ; au centre, dans un riche cartouche rocaille, un
paysage avec personnages et animaux ; décor
bleu, jaune et vert.

74. — Deux grands Plats ronds à bords contournés
semés de bouquets de fleurs ; au centre, dans
un médaillon, sujet mythologique. Décor polychrome.

75. — Trois Assiettes ; décors divers bleus et jaunes.

76. — Plat à bords contournés ; sur le fond composition d'après Berain ; petite bordure à rinceaux.

MARSEILLE

77. — Quatre Assiettes, bords à jours ; au fond, bouquets de fleurs et insectes, marque de la
veuve Perrin.

78. — Assiette à bords contournés ; décor de fleurs.

79. — Petit Sucrier oblong ; décor de fleurs.

MARIEBERG

80. — Soupière ovale ornée de fleurs ; le couvercle
surmonté d'un bouton formé par un oiseau
perché sur des asperges et choux-fleurs en
haut relief ; marque.

NIEDERVILLER

81. — Écuelle et son plateau ; le couvercle surmonté
d'une prune en relief : la coupe a deux anses formées par des branchages ; décor
double de paysages camaïeu rouge-brun.

NEVERS

82. — Grande Potiche sur pied octogone ; sujet plein
de paysages dans le style chinois. Décor
bleu.

83. — Grand Plat rond ; sujet plein de personnages
chinois dans un paysage.

84. — Bouteille ; la panse ronde surmontée d'un col
droit est ornée de paysages chinois en
camaïeu bleu.

85. — Petite Bouteille octogone à col allongé ; décor
chinois bleu et violet.

86. — Grand Hanap à anses ; mascaron en relief sous
le déversoir ; décor camaïeu bleu de personnages chinois.

87. — Potiche ; décor bleu de fleurs et d'oiseaux.

SINCENY

88. — Grande Coupe ronde ; sujet plein de Chinois
dans un paysage ; riche coloration.

89. — Coupe dentelée ronde ; au centre deux coqs ;
bordure de branchages.

90. — Assiette à bords contournés, sur un fond de
paysage avec rivière ; deux Chinois dans un
bateau.

STRASBOURG

91. — Grand service composé de :

> Deux grands Plats ronds:
> Six Plats ronds ;
> Trois Plats ovales :
> Deux Soupières ovales ;
> Deux Saucières:
> Trois Salières ;
> Quatre Compotiers ;
> Quarante-cinq Assiettes.

> Décor très-fin de fleurs et fruits polychromes.

92. — Trois Assiettes bords à jours : au centre, bouquets de fleurs.

93. — Deux Corbeilles ovales à anses ; bords à jour ;
dans le fond, bouquets de fleurs:

94. — Assiette : décor de fleurs.

95. — Porte-huilier ovale de forme contournée, style Louis XV.

SAVIGNIES

96. — Vase à surprise de forme ovoïde, à cannelures, à deux anses en grand relief munies de mascarons ; sur la panse, à droite et à gauche, personnages et médaillons en grand relief ; décor vert XVIe siècle.

LUNÉVILLE

97. — Porte-huilier en forme de bateau, orné de guirlandes de fleurs.

98. — Petit Vase à deux anses ; le couvercle élevé, à jours ; décor de fleurs.

SCEAUX

99. — Pot à eau et cuvette ; décor Watteau.

100. — Trois Corbeilles à jour, semées de fleurettes bleues.

101. — Assiette ; au milieu, chiffre avec couronne ; décor bleu, rose et or.

102. — Petit Sucrier ovale, même fabrique.

103. — Six Assiettes ornées de guirlandes de roses.

SAINT-AMAND

104. — Cuillère à sucre, forme rocaille ; fond blanc
doré.

105. — Cuillère à sucre, fond blanc orné de hachures
roses.

DELFT

106. — Petit Plat ; sujet plein de personnages chinois
dans un jardin avec pagode ; table chargée
de vases, d'oiseaux ; décor bleu, rouge et
or.

107. — Paire de Beurriers ovales à deux anses droites :
le couvercle, surmonté d'une vache en relief,
est orné de deux grandes réserves à sujets
chinois dans un paysage ; décor vert, rouge
et or.

108. — Jardinière ovale cannelée, à deux anses, portée
sur trois pieds ; décor bleu.

109. — Petite Potiche cannelée, à col allongé ; sur la
panse, quatre réserves de fleurs ; décor
rouge, vert et bleu.

110. — Deux grandes Coupes creuses, à larges bords
cannelés garnis, ainsi que le fond, d'un
semis de fleurettes ; décor bleu, rouge et
vert.

111. — Six petits Plats ronds ; riche décor polychrome de bouquets de fleurs dans le style chinois.

112. — Six Assiettes ; riche décor polychrome.

113. — Petit Porte-huilier. Décor bleu.

114. — Deux Assiettes en terre de pipe ; personnage devant sa maison.

114 *bis*. — Deux Assiettes en terre de pipe ; partie de pêche.

114 *ter*. — Une Assiette ; prince d'Orange.

115. — Petite Jardinière à deux anses en forme de trèfle, surmontée de cinq tubes. Décor bleu et rouge.

116. — Six Assiettes ; sujet chinois dans un paysage avec oiseaux ; décor bleu, rouge et or.

117. — Deux Assiettes ; décor polychrome.

FAÏENCES ITALIENNES

118. — Petit Plat. Deux personnages ; l'un, en costume du XVIe siècle, joue du tambour. *Urbino*.

119. — Petit Plat ; au centre, buste de femme. *Castelli*.

120. — Deux petits Plats, fond bleu ; décor de fruits et d'entrelacs en blanc. *Caffagiolo*.

121. — Jardinière ovale de style Louis XV, portée sur
trois pieds; au centre, dans un cartouche en
relief, sujet chinois, à droite et à gauche
deux petits cartouches de même décor polychrome. *Milan.*

122. — Deux Plats, fond bleu, aux armes des Farnèse.
Naples.

123. — Coupe à larges bords, à jours; au centre,
armoirie. *Castelli.*

123 *bis.* — Coupe à larges bords, à jours; au fond, un
cheval. *Castelli.*

123 *ter.* — Trois Coupes à bords larges. *Castelli.*

124. — Quatre Plats, sujets mythologiques en camaïeu
bleu. *Savone.*

125. — Petit Plat, bordure fond bleu; le fond orné de
fruits. *Venise.*

PORCELAINES DIVERSES

126. — Petite Écuelle à deux anses formées de branchages; le couvercle surmonté d'une fleur;
fond vert-d'eau à deux réserves de bouquets
de fleurs. Porcelaine de *Saxe.*

127. — Statuette. Joueur de vielle assis sur une ter-
rasse reposant sur un socle en bronze.
Porcelaine de *Saxe*.

128. — Grande Statuette; personnage assis. Porcelaine de *Saxe*.

129. — Tasse et Soucoupe en ancienne porcelaine
pâte tendre de *Sèvres*, bordure à œil de per-
drix sur fond lilas, suivie d'une couronne de
feuilles en or et d'un haché bleu; décor de
guirlandes de fleurs.

130. — Petite Salière en ancienne pâte tendre de
Sèvres, ornée de fleurs et de filets bleus.

131. — Deux petits Vases à deux anses, fond bleu de
roi à rehauts d'or. *Sèvres*.

132. — Deux petits Vases et un pot à crème en pâte
tendre de *Mennecy;* décor de fleurs.

133. — Petit Pot à crème en pâte tendre de *Chantilly;*
décor de fleurs.

133 *bis*. — Petit Pot en pâte tendre de *Saint-Cloud*.

133 *ter*. — Deux petits Groupes sur socle de deux
personnages. Porcelaine tendre de *Venise*.

134. — Grande Théière; décor de fleurs polychromes.
Porcelaine de *Chine*.

135. — Neuf Assiettes; bordure à quatre réserves : deux de poissons, deux d'armoiries, au fond bouquet de fleurs; décor polychrome. Porcelaine de *Chine*.

136. — Petite Théière reposant sur des branchages avec fleurettes en relief; décor dit au coq. Porcelaine de *Chine*.

137. —· Petit Pot à lait; décor au coq. Porcelaine de *Chine*.

138. — Petite Soucoupe; même décor.

138 *bis*. — Petite Soucoupe; décor de fleurs.

139. — Petite Théière; décor de fleurs. Porcelaine de *Chine*.

140. — Trois Tasses et Soucoupes; décor camaïeu rose de fleurs. Porcelaine de *Chine*.

141. — Assiette en porcelaine du *Japon*.

142. — Salière carrée; décor bleu.

142. *bis*. — Tasse et Soucoupe. Porcelaine du *Japon*.

VERRERIE

143. — Grand Verre et son couvercle porté sur tige à
nœuds ; la coupe gravée de personnages
dans un cartouche. Travail allemand.

144. — Sucrier avec couvercle en verre gravé.

145. — Coupe ronde en verre à filets saillants.

146. — Verre porté sur un pied bas à nœud saillant ;
personnages et fleurs gravés sur la coupe.
Travail allemand.

OBJETS DIVERS

147. — Deux Boîtes en émail de Saxe.

147 *bis*. — Trois petites Coupes et un vase étrusques.

148. — Statuette en faïence. Homme debout.

Suite de Bernard Palissy.

149. — Plateau à bords contournés ; décoré de fleurs.
Émail de Saxe.

150. — Bouteille en faïence jaspée.

MEUBLES

151. — Vitrine à une seule porte en bois de noyer incrusté d'ivoire. Travail italien dit *alla certosina*.

152. — Autre Vitrine formant pendant de la précédente.

TAPISSERIES

153. — Panneau ; armoirie dans une riche bordure.

154. — Trois Panneaux ; sujets d'après Lancret.

PARIS. — J. CLAYE, IMPRIMEUR, 7, RUE SAINT-BENOIT. — [466]